Gerhard Schöne

KLANG DER STILLE

Gerhard Schöne

Klang der Stille

Fotografie Jürgen Richter

Thomas Verlag
Leipzig

Es muß nur Kraft gewinnen

Alles muß klein beginnen

Schau nur dieses Körnchen, ach man sieht es kaum,
gleicht bald einem Grashalm. Später wird's ein Baum.
Und nach vielen Jahren, wenn ich Rentner bin,
spendet er mir Schatten, singt die Amsel drin:

Alles muß klein beginnen,
laß etwas Zeit verrinnen.
Es muß nur Kraft gewinnen,
und endlich ist es groß.

Schau die feine Quelle zwischen Moos und Stein,
sammelt sich im Tale, um ein Bach zu sein.
Wird zum Fluß anschwellen, fließt zur Ostsee hin,
braust dort ganz gewaltig, singt das Fischlein drin:

Alles muß klein beginnen,
laß etwas Zeit verrinnen.
Es muß nur Kraft gewinnen,
und endlich ist es groß.

Schau die leichte Flocke, wie sie tanzt und fliegt
bis zu einem Ästchen, das unterm Schnee sich biegt.
Landet da die Flocke und durch ihr Gewicht,
bricht der Ast herunter und der Rabe spricht:

Alles muß klein beginnen,
laß etwas Zeit verrinnen.
Es muß nur Kraft gewinnen,
und endlich ist es groß.

Manchmal denk ich traurig: Ich bin viel zu klein!
Kann ja doch nichts machen! Und dann fällt mir ein:
Erst einmal beginnen. Hab ich das geschafft,
nur nicht mutlos werden, dann wächst auch die Kraft.

Und dann seh ich staunend: Ich bin nicht allein,
Viele Kleine, Schwache stimmen mit mir ein:

Alles muß klein beginnen,
laß etwas Zeit verrinnen.
Es muß nur Kraft gewinnen,
und endlich ist es groß.

Wenn mein Großvater erzählte

Wie man Geschichten erzählen soll

Wenn mein Großvater erzählte,
der gelähmte alte Mann,
fingen seine trüben Augen
nach und nach zu leuchten an.
Gletscherschluchten, Wüstenreiter,
holde Sklavin, böser Schah
und der Junge im Verließ,
alles war zum Greifen nah.
Tränennaß war sein Gesicht,
wenn er keine Rettung sah.

Wenn mein Großvater erzählte,
schlüpfte er aus seiner Haut
und hat sich als Riese selber
vor den Kindern aufgebaut,
war das gottverlassne Mäuslein,
das da zitternd und verdreckt
piepsend nach den Brocken sucht,
die der Bettler hat versteckt,
flog als Adler durch die Luft,
weit die Arme ausgestreckt.

Wenn mein Großvater erzählte,
dann vergaß er Zeit und Ort
und der Strudel der Geschichte
riß ihn redend mit sich fort.
Als er von dem Wunderrabbi
sprach, der betend tanzt und singt,
warf er seine Krücken fort
und tanzte selber ganz beschwingt.
Seht so heilsam kann es sein,
wenn ein Mensch erzählt und singt.

Nach einer chassidischen Parabel

Ich bin glücklich, glücklich, glücklich,

Das Hemd des Glücklichen

Ein König lag sterbenskrank im Bett. Keiner der Ärzte und Weisen wußte, wie ihm noch zu helfen sei. Nur eine alte Frau sagte, es sei möglich, den König zu heilen. Dazu müsse man das Hemd eines glücklichen Menschen bringen. Darin könnte der König gesunden. Die Boten des Königs durchsuchten das ganze Land nach einem glücklichen Menschen. Aber vergebens. Nicht einer war zufrieden. Gesunde waren arm, Reiche kränkelten und fühlten sich bedroht, manchen mangelte es an Liebe. Verzagt kehrten die Boten um. Auf ihrem Heimweg kamen sie abends an einer windschiefen Hütte vorbei und hörten dort einen Mann, der vergnügt vor sich hinpfiff und sang. Und sein Lied ging etwa so:

Ich bin glücklich, glücklich, glücklich!
Mein Radieschen war vorzüglich.
Herrlich wärmte mich die Sonne.
Bin lebendig – lebenslang!
Hej!
Und mir zuckt es in den Füßen
werde tanzen mit der Süßen
und mit ihr phantastisch schlafen!
Gott im Himmel, vielen Dank!

Die Boten des Königs klopften freudig an die Tür, daß sie gleich aus den Angeln fiel, und baten den glücklichen Menschen, er möge dem König helfen und ihm sein Hemd schenken. Da sagte der Glückliche: »Oh, das tut mir leid. Ich hab gar keins!«

Nach einem griechischen Märchen

Vergeßt ihr auch das Beste nicht?

Zwei Bauersleuten schenkte der Himmel ein Kind. Sonst aber hatten sie nicht viel zum Leben. Als sie einmal vom Feld nach Hause gingen, entdeckten sie eine Höhle, die sie zuvor nie beachtet hatten. In der Höhle saßen kleine Wichte an einer langen Tafel. Die zählten Gold. Die Bauersleute klagten den Wichten, daß sie nur das Kind und sonst nicht viel zum Leben hätten. Ob sie nicht etwas von dem Golde abbekommen könnten. Darauf sagte eins der Wichte: »Kommt herein, und was ihr nach draußen tragen könnt, gehört euch. Aber was ihr liegen laßt, ist für uns.«
Die Eltern stiegen in die Höhle und legten ihr Kind auf den Boden. Sie füllten sich die Taschen ihrer Kleider und Schürzen voller Gold, bis sie ganz krumm gingen. Und als sie damit hinaus gehen wollten, fragte eins der Wichte: »Seid ihr sicher, daß ihr genug habt? Vergeßt ihr auch das Beste nicht?«
Die beiden, indem sie Angst hatten, es könne ihnen wieder etwas genommen werden, antworteten: »Nein, nein, wir sind schon zufrieden« und traten schnell ins Freie. In dem Moment schnappte das Schloß hinter ihnen zu.

Nach einem niederländischen Märchen

Die zurückgelass'nen Kinder

Manchmal höre ich sie grölend durch die Häuserschluchten
zieh'n.
Manchmal seh' ich sie an Wände ihre Höhlenzeichen sprüh'n.
Manchmal fallen sie wie Wölfe über Unschuldslämmer her.
Die zurückgelass'nen Kinder, Schnauze voll und Augen leer.

Ihre Eltern aber sagen, wenn sie krumm gehen nach Gold:
»Wir tun's nur für unsre Kinder! Hab'n das Beste nur gewollt!«

Hinter Flippperautomaten spielen sie ums kleine Glück.
Blättern lustlos in den Pornos, immer Traurigkeit im Blick.
Ein Gefühl, beinah wie Hunger oder Heimweh, das sie packt.
Die zurückgelass'nen Kinder. Ungetröstet. Splitternackt.

Hilflos rufen ihre Eltern. Doch die Drähte sind gekappt.
Sie war'n grade so beschäftigt, als die Türe zugeschnappt.

Manche gehen langsam unter. Andre steigen auf im Nu.
Drücken dir, als smarte Herren, skrupellos die Kehle zu.
Kein Gewissen kann sie bremsen bei der Schlacht ums
große Geld.
Die zurückgelass'nen Kinder, die sich rächen an der Welt.

Samenkorn des Lebens

Jesu, meine Freude

Jesu, meine Freude,
meines Herzens Weide, Jesu wahrer Gott.
Wer will dich schon hören,
deine Worte stören den gewohnten Trott.
Du gefährdest Sicherheit!
Du bist Sand im Weltgetriebe.
Du mit deiner Liebe.

Du warst eingemauert;
du hast überdauert Lager, Bann und Haft.
Bist nicht tot zu kriegen,
niemand kann besiegen deiner Liebe Kraft.
Wer dich foltert und erschlägt,
hofft auf deinen Tod vergebens,
Samenkorn des Lebens.

Jesus, Freund der Armen,
groß ist dein Erbarmen mit der kranken Welt.
Herrscher gehen unter,
Träumer werden munter, die dein Licht erhellt.
Und wenn ich ganz unten bin
weiß ich dich an meiner Seite,
Jesu, meine Freude.

Fragen

Wo sitzt das Unbehagen?

Haben Sie schon einmal ein Schwein erschlagen?
Oder lassen Sie das machen?
Wie oft etwa sind Sie schon fremd gegangen?
Waren Sie schon einmal glücklich?
Hab'n Sie Angst vor Hunden oder Menschen
oder etwa Kugelblitzen?
Macht es Ihnen etwas aus, im Warteraum
des Hautarztes zu sitzen?

Fragen, Fragen, Fragen...
Wo sitzt das Unbehagen?
Geht's schon um Kopf und Kragen?
Fragen, Fragen.

Trauen Sie noch mehr Ihrem eignen Herzen?
Oder trauen Sie Experten?
Lassen Sie beim Küssen die Augen offen?
Oder ist Ihnen das peinlich?
Glauben Sie, daß Ihre Eltern
immerzu so bleiben wie sie sind?
Möchten Sie sich selbst verändern?
Nähmen Sie dann Rücksicht auf Ihr Kind?

Fragen, Fragen, Fragen...
Wo sitzt das Unbehagen?
Geht's schon um Kopf und Kragen?
Fragen, Fragen.

Denken Sie oft, Sie würden was verpassen?
Kriegen Sie noch rote Ohren?
Können Sie denn »Ich liebe dich!« noch sagen?
Finden Sie das abgedroschen?
Würden Sie mich als Gymnastiklehrer
Ihrer Tochter akzeptieren?
Würden Sie sich vorher über meinen
Lebenswandel informieren?

Fragen, Fragen, Fragen...
Wo sitzt das Unbehagen?
Geht's schon um Kopf und Kragen?
Fragen, Fragen.

Worauf können Sie jetzt sofort verzichten?
Was ist Ihnen vielleicht heilig?
Würden Sie gern mit Ihrem Enkel tauschen?
Wie heißt Ihre kleine Hoffnung?
Würden Sie gern Ihren Lebenslauf
an ein paar Stellen korrigier'n?
Konnte ich mit einer Frage
irgendeinen wunden Punkt berühr'n?

Fragen, Fragen, Fragen...
Wo sitzt das Unbehagen?
Geht's schon um Kopf und Kragen?
Fragen, Fragen.

Manchmal liege ich und lausche

Klang der Stille

Manchmal liege ich und lausche
bang in mich hinein.
Kommt das Lärmen noch zur Ruhe,
ist das Schweigen rein?
Ist die Stimme schon erstorben,
die einst in mir sprach,
kommt ein Same noch zur Reife,
liegt das Feld schon brach?

Manchmal liege ich und lausche,
ob ich noch versteh',
was die Lerchen mir erzählen
über'n roten Klee.
Hör' ich noch den Klang der Stille,
wie vor Jahren heut?
Hab' mich oft vor ihr verborgen,
oft zu oft zerstreut.

Manchmal liege ich und lausche
und dann kommt es vor,
daß der weiche Schoß der Erde
hebt mich leicht empor –
Und dann hör' ich deutlich reden
Lerche, Wind und Klee.
Stehe auf und sage »Amen«,
eh' nach Haus' ich geh'.

In das Netz der Liebe fiel sie

Die Liebe des Fischers

Fische huschten unter Steine,
Wolken zogen bang,
als der junge Fischer Erik
heimkam mit Gesang.

Vor dem Tor im schwarzen Mantel
wartete ein Mann.
’s war der Richter von dem Festland,
der sprach Erik an:

»Deine Frau Luise brachte
man mir in der Früh.
Sie brach die Ehe mit ’nem Fremden.
Schande über sie!

Nach dem Brauch der Insel wird beim
ersten Sonnenschein
deine Frau vom Fels gestoßen
in den Tod hinein.«

Erik sah dem Unglücksboten
nach im Dämmerlicht.
»Gott im Himmel, sei uns gnädig!
Herz, zerspring mir nicht!«

Als die Dörfler schliefen, stieg er
in die Felsenwand.
Und hat mutig übern Abgrund
Seil um Seil gespannt.

Hat mit Reisig, Stroh und Farnen
alles dicht gemacht.
Hat am Ende noch als Polster
Heu hinaufgebracht.

Als die ersten Hähne schrien,
stießen sie sogleich
seine Frau vom Fels hinunter.
Himmel, fiel sie weich!

In das Netz der Liebe fiel sie,
die nicht Strafe will.
Fische spielten unter Steinen.
Wolken zogen still.

Nach einer Parabel
von Werner Bergengruen

Nur die eine Blume tränken

Die kleine Quelle

Es war einmal und es ist irgendwann
und es geschieht genau zu dieser Zeit.
Da war ein Land, von Dürre ausgezehrt.
Kein Regen. Nicht ein Wölkchen weit und breit.

Zuerst das Gras, das alles Grün verlor.
Es wurde grau und dann zerfiel's zu Staub.
Die Büsche dürr, die heulten noch im Wind.
Die Bäume warfen ab ihr junges Laub.

Tiere schleppten sich von hinnen,
um der Wüste zu entrinnen.
Wenige entkamen. Viele fanden frühen Tod.

Die Brunnen leer. Die Quellen längst versiegt.
Nur heiße Steine, wo der Fluß verlief.
Ein alter Baum stand trotzig bis zuletzt.
Mit starken Wurzeln, unermeßlich tief.

Die Trockenheit griff ihm schon an das Herz.
Die Sonne brannte und sein Tod war nah.
Doch was war das: In seinem Schatten stand
noch eine Blume wie ein Wunder da!

Eine kleine Quelle eben
hielt die Blume noch am Leben,
weil sie ein paar kümmerliche Wassertropfen fand.

Die Quelle sah das Elend ringsumher
und wie die Dürre alles Leben nahm.
Wozu sich um die letzte Blume müh'n.
Sie spürte schon, wie sie ins Stocken kam.

Sie sprach verzagt: »Mein Tun hat keinen Sinn!
Ich halte doch die Wüste nicht mehr auf.«
Der alte Baum, der schon im Sterben lag,
entgegnete der Quelle schnell darauf:

»Du, versprich mir auf der Stelle,
müh dich weiter, kleine Quelle!
Gib dich nicht, auch wenn es schwer ist, der
Verzweiflung hin.

Du sollst nicht die Wüste wässern,
nicht die ganze Welt verbessern,
nur die eine Blume tränken. Darin liegt dein Sinn!«

Nach einem afrikanischen Märchen

Der Stein *Zur täglichen Mahnung*

Vielleicht glaubt ihr auch: »Ein paar hinter die Ohren
kann Kindern nicht schaden, sonst hör'n sie ja nicht.«
Mensch, ich war auch schon mal so ratlos und wütend
und schlug meiner Tochter die Hand ins Gesicht.

Ich schämte mich nachher.
Es soll nie wieder sein!
Nun hört die Geschichte
von jenem Stein!

Ein Junge war einmal ganz bockig und böse.
Da wußte die Mutter nicht ein und nicht aus.
Sie drohte ihm eine Tracht Prügel zu geben
und schickte ihn schließlich zum Garten hinaus.

Er sollte sich selbst einen Stock draußen suchen.
Sie wartete lange, dann kam er herein.
Er schaute der Mutter verzweifelt entgegen
und trug in der Hand einen faustgroßen Stein.

»Ich find' keinen Stock«,
so erklärte er ihr,
»Den Stein aber kannst du
doch werfen nach mir!«

Die Mutter schloß wortlos das Kind in die Arme.
Was hatte der Junge von ihr nur gedacht?!
Da standen sie beide umschlungen und heulten
und schnieften und schneuzten und haben gelacht.

Der Stein liegt seitdem
auf dem Küchsims halt
zur täglichen Mahnung:
Niemals Gewalt!

Nach einer Parabel von Astrid Lindgren

Ich fand es mal beim Muschelsuchen

Das Glück

Es sitzt sich weich auf unserm Sofa.
Gemütlichkeit im ganzen Haus.
Geschmackvoll wählten wir die Bilder
zur Farbe der Gardinen aus.

Wir schließen nachts die Jalousien,
hab'n neue Schlösser in der Tür.
Das Glück soll sich doch sicher fühlen
als Dauermieter, dachten wir.

Da hat's das Bündel schon geschnürt.
Ich glaub', es wohnt nicht gern möbliert
und scheint die Sicherheit zu meiden.
Versprechen, die vergißt es prompt,
und daß es niemals pünktlich kommt,
kann ich nicht leiden.

Ich hab' es tief als Kind geatmet
im Kirschenbaum zur Blütezeit.
Da warf's mir seine Glückshaut über
grad wie ein Sternentalerkleid.

Ich traf es unter jungen Leuten,
wir feierten bei Kerzenschein.
Es war spontan, verrückt, bescheiden
und machte aus dem Wasser Wein.

Dann ging es fort und kam nicht mehr.
Ich hechelte ihm hinterher.
Doch ich war nie sehr gut im Rennen.
Einmal kam's ungeheuer groß,
es trug ein Baby auf dem Schoß.
Da schossen uns vor Glück die Tränen.

Ich fand es mal beim Muschelsuchen.
Da gab's mir sein Geheimnis preis:
»Du rennst mir nach, willst mich erzwingen.
Halt inne, schau und sei ganz leis.

Dann wirst du staunend mich entdecken.
Dann hörst du meinen Glücksgesang.
Und ich kann dir aus vielen Blicken
entgegenschaun dein Leben lang.

Ich bin im Brotgeruch versteckt,
und wenn dich deine Liebste neckt
im Dunkeln, dann hörst du mich lachen.
Ich warte auf dich jetzt und hier,
und wenn du singst, bin ich bei dir,
dich froh zu machen!«

Es ist die Taube, die die Meere überfliegt

Nimm mein Herz

Nimm mein Herz,
es ist die Taube,
die die Meere überfliegt,
die treibt es wieder fort.
Sie sucht und flieht den Ort,
wo sie warm und sicher liegt.

Nimm mein Herz,
es ist die Wolke,
die grad überm Nußbaum stand.
Die spielt mal mit der Spatzenschar,
kriecht als Nebel in dein Haar,
und doch faßt sie keine Hand.

Nimm mein Herz,
es ist ein Garten,
steinig und wüst.
Bist du nah, fällt der Regen drauf,
und es geht der Samen auf,
der darin verborgen ist.

Willst du wissen, wie das geht?

Willst du richtig zaubern können?

Willst du richtig zaubern können?
Willst du wissen, wie das geht?
Dann kann ich dir was verraten,
das in keinem Schulbuch steht!
Hab' vom Hexenkind erfahren
das Geheimnis, Satz für Satz.
Darfst es keinem weitersagen,
sonst war alles für die Katz!

Willst du, daß dich jemand lieb hat,
aber du bist ihm egal,
backe ihm ein Honigplätzchen,
küß das Plätzchen siebzigmal,
leg es auf dein Herz und sage:
»Bitte! Bitte! Liebe mich!«
Danach gib es ihm zu essen,
zack – ist er verliebt in dich!

Willst du einmal ganz allein sein,
such dir ein Versteck in Ruh.
Nimm ein blaues Taschentüchlein
und deck dir die Augen zu.
Sage leise: »Kleine Muschel,
tief im Meer, laß mich herein!
Will in deinem Häuschen wohnen!«
Plötzlich bist du ganz allein.

Mußt du einmal Wut ablassen,
such dir einen großen Stein.
Spuck darauf, bis er ganz naß ist,
grab ein Loch und schmeiß ihn rein.
Doch eh' du das Loch zuschüttest,
sag ein ganz ganz schlimmes Wort.
»Halt die Luft an! Mach das Loch zu!
Atme aus! Die Wut ist fort!

Willst du einen Schatz entdecken?
Nimm ein Kückenfederlein.
Wirf es nachts aus deinem Fenster.
Aber es muß windig sein!
Hast du es allein bei Mondlicht
irgendwo im Gras entdeckt,
hol die Schaufel. Wenn du Glück hast,
liegt grad dort ein Schatz versteckt!

Wünschst du dir gute Gedanken?
Klarer als der Morgenstern?
Halte zart mit beiden Lippen
einen Sonnenblumenkern.
Lege dich auf eine Wiese
in den goldnen Sonnenschein
und auf einmal fällt dir etwas
Wunderwunderschönes ein!

Süße, kleine, fremde, Schwester

Das Mädchen aus Managua

Süße, kleine, fremde Schwester,
als ich dich ansah, dachte ich:
An dem Tag, als Gott dich formte,
war er wohl verliebt in dich!

Er nahm Lehm und klaren Honig,
junges Moos und hat fein sacht
daraus deinen ganzen Körper
bis zum kleinen Zeh gemacht.

Aus dem Schweif der schwarzen Stute
knüpfte Gott dein langes Haar,
rieb es ein mit Gold und Myrrhe,
daß es glänze wunderbar.

Süße, kleine, fremde Schwester,
als ich dich ansah, dachte ich:
An dem Tag, als Gott dich formte,
war er wohl verliebt in dich!

Aus dem Himmel am Äquator
nahm er ein Stück tiefe Nacht,
schmückte sie mit ein paar Sternen
und hat Augen dir gemacht.

Blitz und Donner, Sommerregen
und indianische Musik
und das Glitzern auf den Wellen
senkte er in deinen Blick.

Süße, kleine, fremde Schwester,
als ich dich ansah, dachte ich:
An dem Tag, als Gott dich formte,
war er wohl verliebt in dich!

Von dem Grunde der Lagune
suchte Gott zwei Fischlein aus,
färbte sie mit Morgenröte,
machte Lippen dir daraus.

Dann hat Gott dich angesehen.
Das hat ihn so froh gemacht,
daß er einfach lachen mußte.
Davon bist du aufgewacht.

SCRIBE

Wer weiß der Stunden Zahl?

Ich bin ein Gast auf Erden

Ich bin ein Gast auf Erden.
Bald muß ich wieder gehn.
Umarme ich Gefährten,
sag ich: »Auf Wiedersehn!«
Dann denke ich beklommen:
Ob wir wohl noch einmal
wie heut zusammenkommen?
Wer weiß der Stunden Zahl?

Ich bin ein Gast auf Erden.
Ich bin noch auf dem Weg.
Hab' mancherlei Beschwerden
vom schweren Marschgepäck.
Muß mich beizeiten wenden
von allem, was mich hält.
Ganz nackt, mit leeren Händen
geh' ich von dieser Welt.

Ich bin ein Gast auf Erden,
versuch mich dann und wann
als Hausherr zu gebärden,
der alles machen kann.
Dann sterben Wälder, Meere,
dann bleibt kein Lüftchen rein,
dann gehen ganze Heere
von andern Gästen ein.

Ich bin ein Gast auf Erden.
Ich weiß, es muß so viel
bis morgen anders werden
und ferne liegt das Ziel.
Will's mit in Ordnung bringen,
will stillen manches Weh,
mein schönstes Danklied singen,
bevor ich von ihr geh'.

Durchs Schenken wird man reich allein

Spar deinen Wein nicht auf für morgen

Spar deinen Wein nicht auf für morgen.
Sind Freunde da, so schenke ein!
Leg, was du hast, in ihre Mitte.
Durchs Schenken wird man reich allein.

Spar nicht mit deinen guten Worten.
Wo man was totschweigt, schweige nicht.
Und wo nur leeres Stroh gedroschen,
da hat dein gutes Wort Gewicht!

Spar deine Liebe nicht am Tage
für paar Minuten in der Nacht.
Hol sie aus ihrer Dunkelkammer,
dann zeigt sie ihre Blütenpracht.

Spar deinen Mut nicht auf für später,
wenn du mal »was ganz Großes« bist.
Dein kleiner Mut hilft allen weiter,
weil täglich Mut vonnöten ist.

Spar deinen Wein nicht auf für morgen.
Sind Freunde da, so schenke ein!
Leg, was du hast, in ihre Mitte.
Durchs Schenken wird man reich allein.

Nur du machst mich gesund

Leg deine Hand in meine Hand

Leg deine Hand in meine Hand!
So ist es gut, so wird uns nicht kalt,
so geben wir einander Halt,
Hand in Hand.
Leg deine Hand in meine Hand!

Leg deine Hand auf meinen Mund,
der oft so dumme Worte spricht,
und wenn das Herz schreit, weiß er nicht
ein einz'ges Wort.
Leg deine Hand auf meinen Mund!

Leg deine Hand auf meine Augen!
Bau mir ein Zelt aus deiner Hand,
drin wohnen wir, und du lehnst an der Wand
von meiner Hand.
Leg deine Hand auf meine Augen!

Leg deine Hand auf mein Herz!
Deck dort die alte Wunde zu,
die nicht vernarben will. Ich weiß, nur du
machst mich gesund.
Leg deine Hand auf mein Herz!

Falt deine Hand in meine Hand!
Dann danken wir dem, der die Welt
und uns und unsere Hände hält
in seiner Hand.
Leg deine Hand in meine Hand.

ISBN 3-86174-081-8

Markranstädter Straße 6, D-04229 Leipzig
Gestaltung: Christopher Kunz, Leipzig
Reproduktion: grafotex, Leipzig
Druck: Thomas Druck Leipzig
Gedruckt auf chlorfrei gebleichtem Papier
Verarbeitung: Kunst- und Verlagsbuchbinderei Leipzig